みがわりになった三匹のねずみ

赤池 節子

AKAIKE Sadako

文芸社

みがわりになった三匹のねずみ

「ピポーピポーピポー」

夢かうつつか寝相のわるい私に、毛布がまつわりついた腕をきゅっとつねった息子が置いて帰った思い出の枕時計、対の針が「カチカチカチ」と天井にこだましている。ベッドをはなれ窓辺によりかかると、まあなんと、きりふきが手がけたと思ってしまうほどの結露が、枯葉を照らしている公園の寒々しい外灯に反射し、まるでビーズをちりばめたようなすばらしい情景に心うたれながら、スルスルと布団を引きよせ「ズトン！」とまくらに身をゆだねた。

ところがもうとっくに去った救急車の音が耳の奥の方でこだましている。

ふと、秋なかば突然おこった異様なことがよみがえった。

家族から、もう年なんだから自転車の用たしは「ダメ！」と、きびしい日々だったが、なんとしてもがまん出来ず、軒先にとめた自転車の砂ぼこりを「バタバタ」と払ったり、油の手でペダルをぐっと握ると「カチカチカチ」と秋の日差しに照り映えながら、さもうれしそうだ。早速日課のように訪れた活気満々のスーパーに向かった。

もう山ほど買いこんで網にたよることだけはやめる、心底ちかいながら「ガチャン！」と駐車場に鍵の音をひびかせた。ところが多分コロナ感染の仕業だ、客のまばらさに気抜けしながら、カートと共に商品豊かな棚を巡っていると、先日精算機の領収書をうっかり持ち忘れお世話になった奥さんと出会った。思わず「あら！」と笑いながらお辞儀を交わす際、赤いシールの焼芋を垣間見た。あれ！　もう値引きしてる、おどろきながら野菜コーナ隣の売場に向かった。やっぱり「三十パーセント引き」の焼芋が茶色いかためめの袋に納まり待っている。じっとみつめていると蜂の巣を広めたようだ。

早速袋がはちきれそうなのを二袋と、スマートでひらりとはみだしたのやら三袋かごに納めた。まれまれの巡りあわせをたたえてくれているかのようだ。心地よい風が肌をさすった。

振り返れば、冬枯の庭にむっくりと頭を上げ穏やかな日差しのもと見事に咲き誇った水仙や梅の花を仰ぎながらの買い出しだったが、やがて豊かな木々の葉がすれあい、たわむれたそよ風が迎えてくれた。ところがもうすっかりあらわになった桜の枝の彼方、丹沢山系にひそんだ太陽なごりの夕映えが「明日もきっとさわやかなお天気ですよ」と、ささやいているかのようだ。早速自転車の前のかごにはハンドルのさまたげにならぬよう、焼芋をそっと納めた。うしろの大きめのかごには大根、里芋、豆腐などけんちん汁の具材や菓子、それに台所のアルミホイルをまとったような生きの良い秋刀魚やらで、やっぱり網に守ってもらいながら、しずまりかえった大手印刷会社の迷路のような私道に入った。時折さつまいものこげた皮の匂いやほっかほかの美味しそうな甘い香りが鼻をついた。たどたどしい私の足どりを気遣ってくれたかのようだ。パッと外灯が照らした。いっそう乗ってぐんとペダルをふみ早く戻ろうと思ったが「ダメダメ」と気合を入れた。

二階で一息ついていると、「ちょっと私だけどいる」このところ上天気で、ざくろの実が上等ないくらをほおばったような口をあけた、枝のあたりからきこえる。「ストン！　ストン！」と階段を下りるなり、以前パート仲間だった奥さんが自信たっぷりの面持ちで、白いビニール袋を「ハイッ」と差し出した。

じっと見つめていると、

「あんたに前上げた花桃が、折角咲きだしたのに、いつの間にか虫にやられちまったと気にしていると、友達から聞いたんだよ。今朝主人がじっと庭を眺めていて、のみ屋仲間の隠居さんから分けてもらったあの紫色の菊の花は夜部屋にかざると黒色に映えると言うから、じゃあためしてみようかと、ハサミを持って近くによったら、たまたまみつかったんだよ」

「まあ、それは気にかけてもらってうれしいよ。可愛がって見事な姿を見てもらうね。あ！　丁度いい、きのう娘のところから沢山野菜が届いたけど、たぶん家だけじゃ食べきれないからよかったら、持って行って」

物置の床に広げた栗、玉葱、それにダンボール箱の坊ちゃん南瓜を持ち上げた。

「あら可愛い」丸い目を更に大きくした。

「どう、切るのも楽だし美味しいよ」ズトン！　ズトン！　と袋に加えるなり自転車のカゴに納め、かわったばかりの信号目差し「有難ね」。相変わらず気丈だ。たぶん同居中の娘さん、お宝の幼い孫さんに「すぐ戻るから」と言っては来たが、テレビに夢中だったから、と気にしている様子だ。

「ああ〜寒い」

肩を震わせながら戻るなり、突然首筋がしびれだした。意外なことだ。風呂場の戸をたたき次男に「ちょっと急におかしいんだよ」と伝えながら、フラフラフラと仏間の畳にひざまずいた途端、高層ビル解体中のコンクリートのかたまりが落下したかと思ってしまうほどの衝撃だ。

タオルをまといながらかけよった息子、うろたえながら衣類の着用をはじめた。末だに思う。不思議だ。きっとあの瞬間、神様仏様の御力にちがいない。長男が帰宅し、まもなく救急車が到着の際には、うそのように楽になった。隊員さんが「貴方ですか」と信じられない様子だ。せかせる息子のさけびに、ほのくらくなった庭先のしおらしい花々をいちべつしベッドに入った。

「ピポーピポー」古い公道をかわしてもらいながら、八王子から横浜に通ずる国道十六号線に突入した。ああ今まで救急車の気配がすると、事故かな、病かしらと気遣いながら道端で見守っていた自分が隊員さんのお世話になるはめになった。

「ピポーピポーピーポー」の響きがせつなく身にしみわたる。

病院に到着するなり「大丈夫ですか」。親切なお言葉に名前を尋ねたが、私の体調がかなりおかしくなっていたにちがいない。

先生に「両腕を前にのばして」と言われた際、右腕が下がった。「その時のことも覚えていないの?」息子が時折問う。

気がつくとジュースが入っているかのような管が身体に通じていた。それに「ミトン」と先生に教えてもらった赤いふっくらとした袋に、右手がしっかり納まっている。日がたつにつれ思い通りにならないもどかしさがつのるばかりだ。ちょこっとでいいからミトンをのけたい、必死で引っぱっていると「あら! ちょっと、貴女はくも膜下出血の手術を終えて、この管から大切なお薬や栄養が注がれております。勝手な行動に走ったら……」と掛け布団をととのえながら心配して下さった姿に、日々自由になりたいの一点張りだった。反感の念から感謝にかえ、たえしのんだ日々。ついに鮮やかな姿のミトン様とさよならの潮時を迎えた。

思えばさんざん勝手なことを言い張ったり、夜中かみつくようなむごたらしい振る舞いをしてしまった。役割とは言えつらかったでしょう、せめてこの先私のような頑固者と向きあうことにならないように、と気遣いながら、遠ざかるミトン様とさよならをした。

打ち解けた安心感に浸り、うつらうつらしていると、長男から「弟ががんで血を吐いて死んだ、妹も他界」と耳にした。

え！　そんなむごたらしいことがあるものか、信じられない。

私が御先祖様に背を向けられるような振る舞いをしていたのかしら。

あのにぎやかな上野駅に近いビルの五階でず～っと留守居していた御仏壇を主人が娘を誘ってお迎えした折のこと、安置した周りの畳がビリビリとしびれているのにおどろき、急いで表の主人に声をかけ皆で畳に平手をあてながら「きっと仏様がよろこんで下さっているにちがいない」と、安堵の笑顔がみなぎった。ところがこのような仕打ちになるのなら、二人のなきがらを道づれに天に昇ってしまいたい。

涙していると「今日もいい秋晴れですよ」リハビリの先生が車椅子と共に訪れた。

「二人の子が死んでしまった」と布団をかぶった。

「え！　本当ですか」

暫く腕をくみ、じっと立っていた先生、いきなり「ともかくここからはなれましょう」車椅子をベッドによせ、せきたてた。長い廊下を進みながらガラスごしに庭を眺め「この辺がいいでしょうかね」一人ごとのようにつぶやきながらしっかりと車椅子を固定するなり「ちょっと聞いて下さい、先ほどの子供さんの件ですが、信じられません」。いつにないきびしい口調と眼差の姿に緊張し、涙をぬぐいながらじーっと先生を見上げた。


振り返れば、駒ヶ岳にうす紫色が加わり雪の帽子姿になって、母の役割、野沢菜漬、白菜、沢庵漬などを手がけ、たるの大きな重石の周りからあふれた塩水やらで味噌ぐらが足の踏み場もない地面になると、いてつく信州から母が上京した。

早朝兄から「おふくろ、あずさで伊那駅を発ったで、たのむな。まだお菜漬が充分水が上がらんけどバックにおしこんで行ったぜ」。老いた母の心遣いにポトリポトリと黒い電話に腰をおろした涙が、晩秋の日差しに輝いている。もう八十すぎと、やたら気になり洗濯物などそこそこに急いだ。

八王子駅に着くなり、この辺りかなと気をもんだが、うれしそうな姿で到着の母、孫の新婚旅行土産のフランス凱旋門絵柄のスカーフを都心に急ぐ列車のはずみになびかせながら、ほっとした面持ちだ。ところが荷をどこかに置き忘れたのではないかと、どきりとした。いつも「宅配便でいいのに」と心配するなり「孫のよろこんでほうばる姿を見たい」と、こげていたが甘い玉子焼や干瓢、椎茸がたっぷりで、酢飯と海苔でやっとこさ、まとめたような太巻きや温もりのあるおもちなど形振《なりふ》りかまわず戦時中の買い出し当時を再現したような格好の親だった。

よし、今夜から母の好物、海の幸、鮪の赤身、帆立貝それに鯵のたたきなど持て成そう。それから足取りのしっかりしているうちに都内見物に出掛けよう。ところが「眼鏡を置いて来てしまったの、木綿針ならなんとか糸が通るで、あんじゃねえ」、相変わらず戦争を経験した不自由を常と思えば不足なしの母だ。三人の孫の布団の作りかえや主人の酒好きを心配してきびしい口調だったが、母の手がけた半天が相当お気に入りのようだ。早速はおるなり着物のように衿をあわせてみたり、じっと裏を見つめる姿のくりかえしに、ふと楽器のアコーディオンを思い出した。振り返れば戦争の際、御国の為と懸命に戦い不自由になった白い着物姿の軍人さんは、桜の花に恋いこがれながら尊い命を失ってしまった戦友さんの思いに添い、花見に訪れたにちがいない。


「勝ってくるぞと勇ましく」

「誓って故郷《くに》を出たからは」

「手柄たてずに死なれよか」

玉のような汗を輝かせながら奏でている姿を思い出した。

母が語った「わしはこの年になってつくづく感じた幸せは、誰がつくって下さるものじゃねえ、自分の力だ。たとえ思い通りにならねえからって、けっして短気になるじゃねえ、歯をくいしばって頑張りゃあ、神様が必ずみとめて下さる時が来る」。冬を迎えるたびにつくろってもらう愛情たっぷりのこたつの下掛けに時折髪の椿油にたよりながらしくぼくと針をさし、思い出話がはじまった。

「祝言を上げ数日後のこと、食事の仕度をしていると、炉端の姑のひざに赤いおべべの幼い子がするすると入り、わしをじっと見つめている」

そのうち、居間にかすりの着物姿の子が紙飛行機を飛ばし走り回っていたが、姑の肩に手をかけ、わしと目があうとニコニコして姑の耳に口をあてた。姑が「うんうん」と言っている様子だった。

思い切って「どちらのお子だね」とたずねた。

姑はどきりとした顔つきでひざの子の髪の毛をととのえながら、暫くして蚊のなくような声で「こりゃこれからお世話になる、わしの子だわね」。

「え！」

耳をうたぐった。なんとしても意外なことで腹の虫がおさまらず、軒の御飯を炊くかまどに使うもみがらや薪の脇にたんすから衣類を持ち出し、前掛けでかくしたりもし、うつした。思いきって夜中一反風呂敷にまとめ、冷ややかな飯田線にそった田のあぜ道を、涙を振り落としながら夢中で親のもとに向かった、と袖のはしで涙を拭った。

明け方縁側に荷を下ろし、うそでかためた縁談が納得出来ず、「あの時は泥にまみれた下駄の緒を引きむしってなげつけたいほど腹が立った」とくちびるをふるわせた。「東の空がしらじらとし、親が雨戸に手をかけるなり、おどろきながらも世間体を気にし早速障子戸をあけるなり、土偶のようなふんばりで畳の部屋の奥の方に転がした」と話した。

「だまされた、とくやし涙で布団にもぐりっぱなしのわしを心配して、母は野良仕事の合間に甘いぼたもちや竹の子やわらび、にしんの煮物など出してくれた。あの時は新茶の香にたすけられた」と語った。

穏やかな昼さがり、そっと布団を上げた父の姿に飛び起きた。まるでがい骨が目をさましたようだ。襟をひきよせ乱れた髪をまとめ正座した。深いため息をついた父。「まだじゃがいも掘りもしてねえし、裏のトタン屋根に黄色くなった梅が落ちては転がり、庭にたまった梅になめくじやありがたかり、この頃はハエが、うっとうしい」

ふところからおもむろに雪白の封筒を出し、わしのひざにそっとのせた。黒光りの宛名書きをじっと見つめていると、長い間共に過ごしていたような不思議なぬくみが伝わった。

「おまえにはわるいが、夜かあさんと便箋に穴があくほどじっくりかえし見させてもらったが、床の間の掛軸を眺めているような筆遣いとたしかな詫び状だ。それに今時尊いことだ、たしか背丈は一間はあるだろうよ、おまえも大柄だし丁度いい」と世間のお茶のみ話になったようだ。

「このところ近所の娘さんは製糸工場で働いているが、わしは身につけた技術は強いと母さんと話し裁縫に向けたが、だんだん腕が上がると教材に困ってかあさんたんすの着物をほどき、のりづけしてはり、板で、かわかし間に合わせた。そのかいあって、いい腕になったじゃねえか。がんばれ、あの家は銭のほかに心配ねえ」

親指をつつんだひざのこぶしにぐっと力を入れた。


それからというもの国の一大産業「養蚕」に本腰を入れ、春蚕に続き夏蚕秋蚕、それに残った桑をあつめて晩秋蚕の四回手掛けた桑つみに行き、留守の際養蚕の先生が縁側に涼しくなったから室温を上げるよう白墨でかいてあり、炭火鉢を出すなり、やしきのむしりたて、とうもろこしの皮をきゅっとはぎとり炭火にならべ、暫くすると「ピシピシ」と音がして、こんがり美味しそうにやけたが、思えばもろこしの気の毒な生涯だ。次々と新聞紙にのせて持ち去り、わしの口にする分はちょこっとだが、芯を昼寝の時に部屋の隅に置くと、ハエがたかりやっぱり旨いらしく、うちわなしでぐっすりやすんだ。

「ふ〜ん、あの頃のくらしの知恵だね」

「休み明け頃になると行商の小父さんが自転車の荷台にブリキの缶をのせ、かりんとうや味噌せんべい、うれしかったのは、作りたての飴をずっとのばしただけの板飴をパキパキと折り舌にのせると甘味が口いっぱいに広がり、くたびれたわしの特効薬だった」

田の稲が実るまでのあいだ、頼みの綱のお蚕様に雨にぬれた食事を与えるわけにはいかねえ、と地元の小学校の体育館や廊下が桑のかわかし場になったが、勉強の邪魔しねえようにと夢中でかたしたが、あの時は正味つらかった。

蚕がカリカリとうまそうに桑を食べる音をききながら朝飯にありついたが、食べ終る頃になると疲れがどっと出て、ちょっと横になりたかったが、ダメダメ、こんなことでへこたれていられねえ、まだまだ田の草取りを控えている、と気をひきしめたが、しみじみ周りに気を使ったり、頑張らなけりゃあ三度の御膳を頂戴出来ないものかと町方のくらしがつくづくうらやましくなったりもした。

娯楽の少ないあの頃は結婚式を見物するのが唯一の楽しみ。それに嫁入り仕度の荷物までも見入り漬物や野菜の煮物が加わったお茶のみ話になった。

思い出した。小学校運動会の時、末っ子で一番面倒見てもらったお婆ちゃんが来てくれた。まあ手入れがいき届いているらしく、虫よけ楠の木の樟脳《しょうのう》の匂いがきつかった。

思い出した、娘三人いたら家がかしぐ、の言いまわしだ。

双子がさずかった折のこと、姑も出産したが数日後天国に昇ってしまった。

「この二人のお子はわしの子そっくり」とよろこび手助けしてくれた。まあ元気のいいこと、乳母車が横倒しになってしまった。何もかも一緒だったが、こぶだけは一つだ。いたらねえ子守りで申し訳ねえ、と早速冷やす際、二人の小姑がつるべ井戸の綱をにぎり「よいしょこらしょ」と冷たい水を洗面器にたたえてくれる姿がうれしく、ほろりとし、我が子のようななじみを感じた。姑は乳の不足を心配して南瓜ともち米塩味のおじやを鉄鍋に馬の餌かと思うほどたっぷり作りおきしてくれたり、天竜川の土手に山羊を連れていき夕方みずみずしい草で太鼓腹になった山羊の乳を頂戴したが美味しく、皆に心配してもらい有難かったと幸せ顔だ。

春蚕のまゆを無事組合に納め久々の手空きになり、夜なべ仕事に縫い上げたかすりの着物に三尺をしめ、麦わら帽子姿でカラコロと稲田の風に見送られながら田切の実家に向かった。

床についていた父が布団を邪魔物のようにのけて起き上がるなり「男の子は一人でも厄介だ、よく大病や怪我もなくこれまでに育てた。好ましい」と涙目でじっと見つめていた。わしは久々の里帰りでゆっくり骨のばしが出来るとたのしみだった。ところがとんでもねえ、池の鯉がパクパク大きな口をあけてよってくる。さあ珍しいやら面白いやら、そのうち池に入りこんで宝物の鯉にいたずらしたら、とやたら気になり、親が忙しいなか汗をふきふき作ってくれた柏餅をいごきまわる子にせわをやきながら御馳走になり、日の高いうちにと、おいとますることにした。

枕元に連れて行くなり「へえ帰るだ、もうすこしたちゃ落ち着き楽になる。かわいくは、五つおだてて、三つほめ、二つしかってよい子に育てよってな」。背中をさすってくれた。働き者だったあかし、節の高いごつい手とはうらはらの、いつにない穏やかな眼差しだ。子供と「又来るからね」やくそくしながら襖をしめた……。「ごほんごほん」の軽いせきが、やたら気になりうしろ髪をひかれる思いだ。

手さげ袋に柏餅をいっぱいもらったり、玩具やらで、手がかったるい。足どりの重い子に「ガチャンコガッチャンコ、電車に乗って鯉に会いに来ようね」と、なんとかなだめながら歩いた。きっと今頃両親は孫にあえてうれしや、やれやれ無事帰ってくれたと、丁度心配した台風が去った時のような気分でおもむろに柏餅の葉をはがしているずら、とおしはかりながら、そばだつ山々から流れ来る田切川のしぶきにいやされながら、駅に向かった。それにしても日々乱れた髪を気にしながら懸命に二人の子の面倒をみてくださる姑にしみじみありがたく思いながら、田切の駅に着くなり長椅子の端にねそべった上の子の隣に、紺色のはっぴにももひき姿のお爺さんが同じような出立ちの方と長いきせるをくわえながら語っていた際、いきなり。「おっちゃん、どこだい、山中だ、商売なんだい、炭焼きさ、どうりでお顔が真っくらけ」とたどたどしく言うなり周りの人達がくすくすと笑い、おぶさってた子がおり、ごきげんで走り回った。

数日後、父さんに語るなり「婆様、きっといい陽気だから子守りがてら近所の子を連れだって手良村の生まれ在所方に行ったずら。たしかあの辺りに炭焼き小屋がいくつかある。よかったなあ、あのそばの提に入りこまなんで」「パチパチパチ」と手際よい桑つみの音をひびかせた。

カーテンをしめうつらうつらしていると、突然リハビリの先生がいつものスマイル姿で訪れた。形振りかまわず車椅子にのせてもらい、久々廊下の空気にふれた。突然「ちょっと待っていて下さい」遠ざかった先生、間もなく包帯を握りしめ戻るなり私がたえず髪を耳のうしろにながしている仕草を気遣ってくれたのだ。まとめて、きゅっと束ねて下さった。冷ややかな心地にうなじの存在を感じた。これで右目のまぶたが上がってくれたら、ばっちりだ。先ほどまでは白地の一重を左前にして、胸のあたりで、だらりと手の甲を足元に向けていたら、きっと町内会の風物詩お化け屋敷のおいわさんになれたかも、ついそのような思いにふけていると、先生は入り日に照り輝いた柿を見つめている。

「あ、思い出した、あのくらいの柿に麦こなしをまぜて、おまんじゅうのようにして暫くおくと発酵して美味しくなるんだよね」

「へえ、初耳です。食べてみたいね」

じっと見入っていると、廊下の奥の方から焙じ茶の香りをおいかけるかのようだ。

「カチャカチャ」と配膳の響きがする。「さあ、ぼちぼちもどりましょうか、明日又来ましょう」約束をかわしながら戻った。暫くして好物の南瓜の煮付けや鮮やかな秋鮭、それにやわらかい鳥肉など調和した食事に満足しながら、身の回りをととのえ消灯時間を迎えることにした。

ところが、表の熟れた柿が気になり寝返りばかりしているうちに、ふと小学校の頃が、よみがえった。

家に戻るなりカバンを縁側に置きざりにし柿の木によじ登った。

「これ、柿の木はもろいから、はしごかけなよ」

うす暗いかやぶきの家から聞こえる。

「あんまり食べりゃあ柿は体を冷やす。寝小便されたら布団が柿くさくてたまらん」

木がささやいた。

「お婆さん、たっしゃだ、今年も同じこと言ってる」

「そうなの。私は初耳だけど」

照り映えた柿が笑った。あまりの柿好きに、父はたわみ茂った枝をのこしてくれた。あと空を仰いでいる柿は、竹の先を割り短い棒をはさみ、ピンセットのようにして枝を折り、板の間が柿の山になった。お婆ちゃんと母ちゃんは、夜なべ仕事に青くさい柿をラジオを聞きながら干柿用に皮むきを続け、手が渋で茶色になった。婆ちゃんと母ちゃんのかすりのもんぺと正座の姿が目にうかぶ。のこりの柿はわら納豆のようにし、炉端の周りの高いかべにつるした。煙にいぶされた見事な柿が正月を迎える頃になるとやわらかくなり、こたつに入り、かるた遊びなどしながら食べた時の雰囲気と味が懐かしい、と戦時中、上野の方から疎開した友達がしみじみ語った。

ある日のこと、婆ちゃんは石うすの穴に炒り豆を入れては、でっぱった棒をにぎりしめ「うんよいしょ」とさもつらそうだったが、相変わらず、かわることもなく、きなこ粉作りをしている。昼休みを終え倉に戻るなり「だれだ！」と、とてつもない大声だ。かけ出した親にこわごわついて行った。天井から「コトン、コトン」と、小石を床に落とすような音がする。父ちゃんは母ちゃんがみつけた木刀を握り階段を見上げた。すると大柄の外国人が口をもぐもぐしながら悠々しい姿で現れた。明治生まれの婆ちゃんは石うすにしがみつき、くちびるをかみしめふるえている。私は恥ずかしいことに小学校の入学当時まで、空と続いた高い駒ヶ岳の向こうは、よその国と思っていた。兵隊さんは懸命に述べている様子だったが、チンプンカンプンだ。倉から出るなり、家の縁側の下やつぼ庭入口の門の横柱に手をのばしてさがしている姿に、父ちゃんは気付いたらしく「ないない」と言うなり、ニヤリとしながら、ジープで去った背筋の通った立派な外人さんのことが夕飯のおかず話になった。

ところが兄ちゃん達はおどろきもしなかった。話によると「前山のずっと向こうの、桑畑や麦畑がいきなり飛行機の誘導路にかわった付近の建物の工具がなくなり探している」らしい。ロシア、中国を負かした強国日本が、アメリカに天狗の鼻をへしおられ、がらりと変わったくらしに敵対意識の強い婆ちゃんは「あの毛唐、勝手に倉に入りこんで母さんと寝るのもおしんで作った干柿や芋干を見つけて、もぐもぐ食べて行った」。兄ちゃんが大笑いした。「お婆ちゃん、あれはチュウインガムだよ。友達から教わった。草原で相撲とって遊んでいたら、いきなりジープがでこぼこ道を砂けむりをあげて猛烈ないきおいで向かって来るから、何かされるじゃねえかと思って逃げようとしたら、大きな声で『ノー』と言いながら手招きするから、おそるおそる一歩二歩と進みながら様子を見てたら、友達が『拳銃向けてねえ』と言ったからほっとした。やさしい顔つきで手の平にきれいなおかしを配ってくれた。『最後にのんでダメ、チュウインガム』と必死のカタコトで教えてくれた。うれしくて夢じゃねえかと思った。皆でずっと手を振ったりお辞儀した。戦争に勝ったアメリカは、いつもこんなに上等なものばかり食べているんだ。大切に持って帰り、戦死したおじさんの仏壇に上げてから母ちゃんに分けてもらって食べた。甘くてうまくて思い出しただけでつばがじわっと出る。それに包み紙が立派だったから、本にはさんでたまになめたりしている」と笑った。

父親が語った「アメリカが戦争に勝ったからってけっしてわるい人ばかりじゃない。これからの皆が軍国主義にならねえように、しっかり勉強して平和をわきまえることを会得することだ」。

お婆ちゃんはみけんにしわをよせた顔つきで水団《すいとん》をすすっていた。

「具合はいかがですか」

私の松の枝のような指と対照的だ。白くてふっくらとした手姿の先生、今朝はまだ見えてくれない。私がくも膜下出血手術の際、夜半から手がけて下さった時のような状態でお休みになられているかもしれない。

　そのようなことを気ままに思いながら、たれ下がったまぶたをさすった。

「かあちゃん、大丈夫」気遣いながらカーテンをくぐった息子。

「元気だよ、久しぶりだね」

「え！　俺心配して何度も来ているのに、まいったなあ」

　灰色のとっくり衿のセーターに黒の上着姿、椅子を引きよせ相変わらずくたびれたショルダーバッグをひざの上にやさしくかかえた。思えば幼子が気に入った玩具やぬいぐるみなどにこだわり、取りあげると泣いたりジタバタする幼子のようだ。形振りにゆかりのない息子のバッグの愛着は相当なものだ。

「おどろいたよ、かあちゃん、不思議なことのあるもんだね。丁度手術してもらった時に子猫の子くらいのねずみが仏間の畳の上で二匹死んでいたんだよ」

「え！　本当」

「それだけじゃないんだよ、台所に行ったら冷蔵庫の前で子ねずみがつめたくなっていたから、ぶったまげた。ただ、ただ、じっと見つめるだけで何も言えなかったよ。あれだけ毒菓子をたべられても天井でさわぎまくっていたのにね。かあちゃん、野菜ラーメンがうまいからって押し入れにためこんでおいたから、これ幸いとばかりに食べちらかした、もうあの部屋は当分だめ、バカ買いしてねずみ様に差し上げた。戦争当時とはちがうんだから、頭をいいかげんで切りかえた方がいい。俺、先生にそっちの方もお願いしたいくらいだ」

「お願いして、次はどこにお世話になるの。それとも頭切りかえ病棟を新設してもらうのかい。わしの友達は、にたりよったりの戦争経験者ばかりだぜ、幸いカップラーメンはポカポカ水にうくから、水害の時にはたすかる」

「かあちゃん、俺が死に神が出ると話したら、もしかして私をねらっているんじゃないだろうねえと、この間鎌倉の兄嫁さんと電話で話したばかり。姉さん、この頃あっちこっちガタだから私の方が先だと笑ったけどね。夜中、俺のわめきにおどろいていたね、あの時、死に神が『おまえの首をしめてやる』と両腕をのばして向かって来たから、二本指で目をついたらすーっと消えた」

「死に神ってどんな姿なの」

「なんだかしらんけどいやな雰囲気になって、ふわふわと現れるんだよね、あれから何事があってもかあちゃんが絶対にまけないように拝んでいるんだよ」

「あ、そうだったのかえ」

「かあちゃん、俺って不思議な感応があるのかな。あ！　かあちゃん、ずっと前のことだけど覚えている？　夕飯のあとうちはみず子がいると何気なく話したら突然カレーライスのスプーンくらいの水が肩にボチョン！　ボチョン！　と落ちた。あれ、こりゃなんだ、とおどろいて暫く天井や周りを見たね。かあちゃんが『ちょっと移ってごらん』と言うからためしに椅子をかえたら、また腕に落ちた。どう考えても納得出来ないけど、翌朝から必ず食卓の方にもお茶とお水を上げるようになったね」

「あの時のお水は三回だけだった。思い出した、おまえさんの机に汗が落ち、頑張っていると思ったら、とんでもねえ、金粉でおどろいた。それに修学旅行で関西に行った時立派なお坊さんが近よって、いきなり『貴方の背に沢山の霊がたよっているから守って上げて下さい』と言い去ったと、土産話してくれたね」

「え！　あ、そうだった、かあちゃんはすごい、そんなに過ぎたこともちゃんと覚えている」

　マスクが丁度、餅をやいている時のようだ、ぐんと大きくなった。

「ところで三匹のねずみはどうしたの」

「俺が食い散らかしたラーメンや、くそと一緒にごみ袋におしこんで収集車に出すつもりでいたら、初江がすげえ顔で『とんでもねぇ、このねずみは死んだ父親と同じ干支だ』と言い切った。きっとかあさんのみがわりになってくれた、と妙にこだわるから任したら、邦順《くにゆき》と二人で暫く考えていたから庭のあちこちに墓をつくるよ。丁度い い、猫のアンアンとナナの隣にしな、と言ったらすかさず『ダメダメ！　ねずみが落ち着かん』と言い張り、結局かあちゃんにはわるいけど、こんにゃくの木の脇にした」

「え！　そうなの」

「ねずみ様がうまいラーメンをたらふくくわせてもらったと、きっとどでかいこんにゃく玉にしてくれるよ。ソーセージや菓子を供えたから手伝うつもりで足を出した途端、移植ごてで『ばしん！』とくつをたたいて立ち上がってすげえつらして肘でおしたから、部屋でテレビを見ながら、チラチラ見ていたら、丁寧に土をよせて細長い石を見つけてきた。周りに毛糸の花や百日草、いつまでも花が名残りおしそうにぶらさがっている。コスモスの枝までさして線香を上げて手を合わせているんだよ。そのうち、絵をやっていたからあの石に三匹のねずみを描くつもりじゃねえの。しかしよく見りゃ子ねずみの耳が大きいこと、それにおちょぼ口、手も可愛い。わるいことするようには思えん。あのままだったら、俺面倒見てやりたいくらいだ」

「ばかなこと言うんじゃないよ。でもね、命をかけて食べ物をあさる気の毒な運命だ。昔のねずみ小僧次郎吉は豊かな家から失敬して、貧しい人をたすけたようだ。目的は立派だったが、残念ながら手立てがまずかったんだよね」

「さ、これから局に行ったり今日は用事ばかりだ。かあちゃん、銀行の証明に持っていこうと思ったら、パスポートが期限切れ寸前、戻ったら更新に行こうね」

まばゆい朝日が布団を包んだ真っ白いカバーをさすりながら廊下に届くようになった昼さがり、地表に近い部屋に移った。東名高速道路の騒音防止が、白身のかまぼこをとてつもなくでっかくしたようだ。ガラス戸を引くなり「シュ！　シュ！」と風を切る音が、そよ風にのってくる。

隣のベッドの患者さんはどこの具合がわるいかと思ってしまうほど、ブザーにたよらない。久方ぶり、下がったまぶたが開いてくれるよう願いながら、娘から届いた筆箱を開くなり床に転がり落ちた。消しゴムが、すばらしい弾みでホップステップしながらコロコロコロときえた。患者さんは先ほどから退屈しのぎらしい、首をさすりながらあごを上げて表を見渡したり私の不自由な眼を気にかけて下さっているらしい。チラチラと見ていた折のことだ。素早く身をのりだしベッドの柵から床にぴょんと降りるなり野球の選手の仕草のようだ。素早く届けてもらい感謝だ。早速ケースに納める際、消しゴムとは縁のうすい万年筆や一本でも赤黒青と色わけして使うことの出来る好都合のボールペンが納まっている。

思えば、小学校入学当時は鉛筆は丸形と思いこんでいたが、学年が進むにつれて六角形になった。未だ変わらないのは赤色鉛筆だ。振り返ればあの頃は双子の兄ちゃんが使ったランドセルをもらい「二つもあるよ」とよろこんだ。父親は七人兄弟の末っ子。私の上ばき作りに、母が用意した派手な古着を細くさいた布を稲わらと合わせてもらった草履がうれしくて、枕元に揃えると母ちゃんが本綿の赤いたびをそろえてくれた。

そのような社会のなりゆきに手帳を長持ちする為の消しゴムの活躍はめざましく、ちぎって分けたりもした。ところがこの頃のいつまでたっても角がきえない重身の姿に、うっぷんをおもいきりはらしたのではないかと思う。

振り返れば、あの頃はやみ米販売をうまくのがれる為の手段でしょう、買い出しの小母さんは大きなリュックサックの口元やポケットから野菜をちらつかせたり、細長い袋にお米をつめ、胴巻風にしていた。おまわりさんに、おわれたお小母さんをいたわりながらお米を手放し現金収入にしていた。未だ忘れない。甘い物がとぼしく、よく砂糖きびの茎をかじって口を切ったりもしたけれど美味しかった。数年前台湾で出合った青くさい搾りたてがなつかしく土産にしたかった。あの頃家族が手分けして煮詰めた蜜を、飯田線にのってもとめる人々に手放す様子が気になり、そっとビンにつめかくしたりもした。親の話によるとうすめて売り、戦争で焼けてしまったあと建てた屋根のかわら代になった、とよろこんでいたようだ。

そのような辺り、物もらいがよくやって来た。未だ忘れない、大学生らしいお兄さんが土間にじっと立っていた。いつも通りお米を用意した。ところが「兄の入院費がない、是非一合めぐんでほしい」と、顔色がわるく寝不足姿だった。南瓜棚を造っていた父のところにいくと「仕方ねえ、たっぷりおやり」の言いようにおどろきながら、山盛りのお米を袋に流すと、深々と頭をさげた。肩がさがり、やつれた姿だったが、風格のある人だった。戦争はいやだ、平和だったら立派な日本男子で勉学に励んだことでしょう。父は進学したかったが、父親に聞き入れてもらえなかったつらい思いを、つめ衿の学生さんにはせたにちがいない。

昼さがり、ししまいがやって来た、ところが誰もいない。お米を受け取る様子もなく、引き出しの小銭を手帳の紙にのせ、きゅっとねじって渡すと、すかさず広げ「チェッ！」とつばをはくような素振りで、しし頭を脇にはさみ足早に遠ざかった。

心地よい秋、集会所の土間に鯖や鰯など配給になった缶詰の空き缶が山とたまってたので缶けり遊びをはじめ、広場が大にぎわいになった。久方ぶり缶をけってはかくれたりと走りまわり、へとへとで戻るなり母が「電気がつかねえ」と土間のむしろに腰を下ろししょげていた。

父は「ヒューズがとんだわけでもねえし」とひげのあごをさすりながら、うらめしそうな姿で天井を見つめている。秋のお天道様は西山に引きこまれるように早い。ついに、ロウソクにたよりながらの食事になった。思えば戦時中、夕飯時になると役場のサイレンがなり響き、早速父が立ち明かりを消し爆弾をまぬがれた。まだ入学前だったが、しみじみ、やだな早く戦争が終わって明るいところで気楽に白い御飯を食べたいと、やつれた親の脇で思った当時がよみがえった。

翌日学校から戻るなり、中部配電の黄色い自転車を見るなりほっとした。やっぱり腰が気の毒なほどさまざまな工具をベルトにつけ、はしごにたよりながらすすだらけの天井で修理中だ。母は大きなほうろくを炉端にかけ、パカパカと缶をならし、ようやく振り落ちた油のもとで、糸を引いたようなおひつの御飯を念入りに炒め正油をたらすなり「ジュッ！」という響きと芳ばしい匂いが広がった。

「あ、丁度いい。先ほどからにわとりがやかましい。きっと玉子があるで、目をつつかれねぇように持って来ておくれ」

ところが玉子を守る親鳥の姿は勇敢だ。羽をバタバタしたり、手をつついたり「コケッコココ」とするどい目つきだ。ついに草箒を振り回しおいはらいながら、温かい玉子をにぎった。母は手際よく鮮やかな目玉焼にし、山盛りの焼めしにのせたが、親鳥の必死で玉子を守る姿を思えば、わずかな命につい心うばわれる瞬間だ。

「パッ」とかやぶきの家が目をさましたようだ。大よろこびの母ちゃん、「さあさ、ゆっくりあがっておくんな」。焼めしにラッキョをそえた。「うまそうな匂いがすると思ったら、こんなにしてもらって」と、さもうれしそうだ。はしごをかたし川で手を洗い、戻るなり鮮やかな目玉焼をじっと見つめていた。カチャカチャと皿とスプーンのせわしい響きと共に、あっけないたいらげようだ。「もう一軒待っている家があるで」と、ごくりごくりとお茶をのみ終え、寒くなった夕暮れを気にしているようだ。

思えば明治初期に生まれた祖母に頭に叩きこまれた教えがある。

「大切なお米は字のごとく、八十八日手間をかけ収穫する宝。安易に思ってはならない、罰が当たる」

それに、戦争中「ほしがりません　勝つまでは」の世相に育った私は、未だ食べ物を気軽にかたす気分になれない。肥料がわりに庭木の脇にうめるなり、カラスが待ってましたとばかりに、くちばしと足のたくみな技でわがもの顔だ。ところが雨降りになると行き交う電線にしっかりと身をかため耐えてるらしい姿を見上げるたび、譜面の音符に思えてならない。振り返れば戦時中、祖母はそば粉を布袋に入れ、シャンプー代わりにしたり、たるにたたえた水に灰を入れ上澄みを使って洗濯をしていた。

そのようなくらしにしらみが活動し、髪についている白いたまごが気になり親の注意をよそに髪の毛をぬいては爪で「ピチピチ」とつぶす快感にはまり、ついにうすくなってしまった。頭の様子を心配した母は、人伝てに京都の方から来られた先生を訪ねた。お婆さんと炉端の灰の中の栗を火箸で転がし、焼きながら迎えてくれた。ところがあの頃の私は、白衣姿に聴診器を首にかけたお医者さんのお姿が目にやきついていたので、ゆかた姿であぐらをかき、ひざを出している先生が信じられなく、そのう

ち奥の部屋から立派なお医者さんが出てくるのかなと、緊張し母によりそい待ってい
た。すると浴衣姿の先生が手をのばし髪の毛を左右にわけ、暫く見て下さり「アル
コールで消毒すれば大丈夫です」のお言葉にほっとした様子の母の顔が、未だ頭の奥
に残っている。「アルコール、おわけしましょうか」「有難うございます、ありますので」の母の返答が時節柄相当おどろいた様子だった。お礼に仕上がったばかりの真綿を新聞に包んで差し上げた。

あの頃上等なまゆは、組合に納めお金にした。よごれたりまゆにならない中途半端なのは真綿にかえて、風邪をひいた時などに首にまくと心地よく、離しがたかった。また、布団作りの際には、真綿のはしを足の指にはさみ、ぐっと手でのばし新聞紙ほどに広げ、綿の保護役だったり、上等なおわんなどの手入れに使った。また、さなぎを油で炒めて食べたりとあの頃お蚕様々だった。お婆さんは栗の灰をおくらぶちで「とんとん」と落とし、うわっぱりのポケットに入れてもらい「よかったね」と頭をなぜながら、かあちゃんとよろこんでくれた。

お医者さんをおどろかせたアルコールは、姉が勤めていた製薬会社の防空ごうを造

る際、分けてもらった。その時のこと勤労奉仕の生徒が落石にあったと早速村内から自転車をさがし戻った先生。戦闘帽子にしっかりときゃはんを巻き、生徒を背負って来るなり自転車の荷台に下ろし縄で自分の腰に括りつけ「動くな、いいか、泣いたからって痛みが消えるわけでもない」と、きびしい口調の救援。自転車を、作業所の広場で石けり遊びしていた王子の方から疎開していた友達と、きゅっと石をにぎりしめ見送った。

丁度その頃兄は名古屋の軍事工場で勤労奉仕中だった。長男で大切に育ったらしく空しゅう警報の際、誘導の役割だったが、勝手に真っ先に避難してしまったと小声で語り舌を出し笑った。ある日のこと、骨折の電報に早速父が向かうと、布団の中でしらみと戦っていたようだ。友達が会いにきてくれるのは有難いが、もそもそと衿もとに現れるしらみの対応にやせる思いだったようだ。帰宅するなり早速電球の下でしらみ退治をはじめたがおいつかず、婆ちゃんと熱い湯釜に衣類をおしこみ、やっつけた、と笑った。のち鍋のこげつきを目にするたび、しらみを思い出しつらかったようだ。

戦争が終結して二十年過ぎると、オリンピックを本土で観戦出来るまでになった。

取り入れの手伝いをしてひと休みしていた折のこと、まるで無料のお笑いを見ているようだ。相変わらず、ゆかいなお婆さんが「今日は寒いね、家に一枚はおりに戻ろうかと思ったが面倒だから、かかしの服をぬいでもらった」。かすりのもんぺにだぶだぶの学生服、それにほおかぶり婆。辺りの稲穂がゆらいでいる。振り返るとかかしをいたわるかのようだ。長い棒の腕先にじっとカラスがとまっている。

隣のベッドの患者さんが、私が目覚めるなりにっこり姿で布団を指さした。しまった……寝相のわるさがばれた。

恥じらいながら起きると、丁度屋根の雪がまばゆい朝日にとけだし、ずれ下がった。にわかひさしのようだ。

「お互い頑張って長生きしようね」

しっかり握手し退院した。患者さんのベッドをじっと見つめていると、ふと以前庭先の紅葉の木に数本の枝を組んだ程度の巣の中で鳩を育てている懸命さに心ひかれていたが、伊那に里帰りし墓参りの折、かやぶきの屋根からうす紫の煙が上がっている、家のまばらにちょっとさみしかったが、好物の胡瓜、茄子のぬか漬や、人参の細切りをさっと湯に通したくるみあえや野菜のかきあげなど懐っかしく、つい長居しているうちに巣立ってしまった空巣をじっと眺め、心のうちにぽっかりと穴があいたあの当時を思い出した。

奥のベッドの患者さんがうしろ手姿で窓辺によりかかり深まった辺りを暫く眺めていたが、振り返り「あの人どうしているのかな」つぶやきながら戻った。タラリタラリのスリッパの響きが、丁度屋根に残った通り雨が地にしみていく時のようなテンポだ。

それにしてもふさふさとした患者さんの髪の姿がうらやましい、ところが食事が進まないらしく周りから声をかけてもらう様子が気になる。朝、先生が来られた際「自動車のガソリンと同じで、食べないとそのうち動けなくなってしまうよ」と話したと告げると「うん、いいこと言うね」と伝えて下さった。尊いお言葉が理解できなかったので「は～は」と、ごまかした朝だったが、やっぱり患者さんの髪のウェーブが気になる。

思い出した。スーパーで刺身の盛合わせに携っていた年末、不足の器を持ち戻る際、丁度ミーティングが始まった。フロアー長が、各部門のチーフの前で「今日これから風が吹く、したがって御婦人の客がへると思う。その理由がわかるか」。しーんとなった。暫くして「それは大切なかつらが飛ぶからだ」。皆どっと笑った。「笑いごとじゃあない、本当だ」。声をあらげた。私も意外な言い回しにおどろき、かかえていた舟盛りのトレイで顔をかくし奥歯をかみしめた。

それから数年後のことだった。上野公園の花見に出かけた際、人ごみの先方に髪がたれ下がったショウケースが目に映った。だんだんと近付くなり、まあなんとはじめて知った正真正銘かつらの専門店におどろいた。さまざまなかつらがところせましの陳列だ。数人の客が鏡に向かったり、品定めしている。振り返ればもう四十年も前のことだ。フロアー長の商売に携わる熱心な姿に頭が下がる思いだ。


「具合はいかがですか」

食事も美味しく別に痛いところもありませんけど、この目が、と右目をさすっているると白いボールペンを目前に立てた。

「どうですか、一本に見えていますか」

「はい」

「こちらは」

ほどよく照らすカーテンの日差しに先生の白衣の姿が一際はえた。日々ブザーにたより親切にして頂いた皆さんのお姿とは異なったこぢんまりの名札にお名前を覚えることなく、沢山の感謝と共にリハビリ棟に移った。

広い教室の机を囲むようにベッドが用意され、カベ側は畳の和風だ。よしここで頑張る。けっしてお願いしたわけでもないのに、いつの間に頭の大動脈の脇に二段重ねのお供えのようなこぶが育ち、すでに上のこぶから血液がにじみ出ていた。突然風船のように破れでもしたら「大変！」天国行きだった。

「おふくろ、よかったね」

先生方の豊かなはからいと神わざのもと、体の心ずいをくぐりぬけて処置して下さり、たすけていただいた。

通院の折、机上の先生のふっくらとした御手を目にするたび、神様の存在を感じる幸せな空間になりました。


リハビリ教室、前回は文章のカラスの文字をさがしてかこむ問題だったが、今日は一段と面倒だ。カは赤色、ラは青色、スは黒と色分け方法になった。三本の鉛筆を握り頑張っていると、向かいの赤飯にたっぷり小豆を加えたような幸せほくろの患者さんが突然「晴れた空」と昔懐かしい流行歌をのどをふるわせごきげんだ。一瞬まいったが、いやいや大切な手術を手がけていただいた私が、これくらいのことで負けていたら、支えて下さる方々に申し訳ない、がよぎった。

幸せほくろの患者さんと午後入浴も同時間だ。かべの向こうから
「あちち！　あついじゃねえかよ」

「いいえ、いつもと同じです。ランラ ラン、カセット入れましょうか」

「いいよ！」

今頃家族の方はほっとし、きっと病院に感謝しているでしょう。勝手に推しはかりながらドライヤーをかけていると、幸せほくろの患者さんはどうやら車椅子がゆりかごになったようだ。

「有難ね、ありがと……」

突然、白衣の天使がまるで水鳥が飛びたつ時のような勢いで

「ドライヤーが反対です」

「あら、また、恥ずかしいことをしでかしてしまった」

それにしてもかなりへだたった廊下のまがり角だ。おどろいた。

この病院のスタッフは千里眼だ。

久々に静かな眼下の公園を眺めた。冷たい風が青いベンチをさすりながら通り過ぎてゆく。やわらかな芝生に腰を下ろした木々の葉は、風をたよりにからからとさすらい楽しんでいると思いこんでいた。ところがやっぱりコロナ感染のせいだ。平らなお砂場に入り我が物顔だ。かたわらの、たわみしげった柚が「これからはこちらの出

番」と張り切る姿が右目に届くと、胸があつくなる。

振り返れば救急車のお世話になってからもう三ヵ月を迎える。今日は駐車場付近の歩行練習だ。久々、背をはり表の空気を腹の底まで吸いこんだ。綿菓子のような雲が晩秋の空にたなびいている。配車の方々、せわしいながらも見守りよろこんで下さる姿についほろりとした。道路脇に目を向けると私の姿と異なったつややかな葉のかたわらに咲く椿が目に映り、つい声をかけたくなるようななつかしさがよぎった。


小学校の頃だった。冬になると大島つむぎにあかね色の襟をかさねたお姉さんが「椿油ひんぬらんかね」と訪れた際、母が手にした鮮やかなビンのラベルで椿の姿を覚えた。

先生は私の背の曲がりを気にして下さっている様子だ。気がつけば私のかげにのっている冬枯のすすき、月見草、よもぎのかたわらで風をしのぎ青々と頑張るタンポポ、なずなどの土の匂いがなつかしい。私の実家は伊那谷諏訪湖から流れくる天竜川にそった稲作農家。小学校が田植え休みになると、お茶を届ける役割だった。沸かしたての麦茶が足にかかると「あちち」と川に飛びこんだ。スイスイと我が者顔の目高の群れはおどろき早瀬にきえた。田の豊かな水があふれゴム草履をとられてしまいそうなあぜ道には、きっと松明にたよりでっかい頭と四本ひげのなまずをおいかけたにちがいない大きな足あとや名残りの松がちらばっている。

振り返れば小学校六年の夏休み、雨雲がいつまでもはびこり太陽がしっかり顔を出してくれない日々、裏作の麦からぽつぽつと黄緑色の芽が頭を出す有り様。お米を供出してくらしの糧にしていた父は、ついに冷酒にたより腕を額にかさねたため、息が奥まで届いた。そのうち、飯がいつまでも胃に残る、と渋い顔つきでみぞおちを指先でおしてばかりいる仕草を心配した母は、声をあらげ通院になった。思えば稲穂がいつ出揃うやら、あてにならない。稲田のあぜ道を歩き飯田線の田畑駅に向かう父の胸の内をおもいやると涙がこぼれる。そのような辺り、我がもの顔ではびこった庭草の退治や蚕に桑を与え、すっかりむきだしになった桑の棒をかたしていると、麻の巣衣にうす茶色の中折り帽子、ちょびひげの父。かけよって助けてあげたいほどの足取りで戻るなり「まいった、よわっちまった」と血の気のない顔つきだ。

「父さん、心配していた。胃がんじゃないよね」

いつかけたともないのびきったパーマの髪を手拭いのなかに押しこんだ。父は深いため息をつきながら「実印をなくした」「え！」母はフラフラと梅の木にもたれた。はじめて知った印鑑の、それはそれは大切な重みだった。


久方ぶり大きな犬を連れて釣りざおを握りしめやって来た小父さんは、田畑の駅付近で暮らしている戦友。父は時折会っていたようだったが、母は初対面。戦地から無事戻ることが出来たと感謝しながら、温かいお茶と、母の得意なうす切り大根を二日ほど塩漬し、生姜、干柿、柚子の細切りを包み酢漬する手のかかった品が珍しい、とカリカリと口にし、上きげんのところに鏡を阻むようになった父が「どうも体の具合がわるくて」と前かがみ姿でフラフラと現れた。振り返り出会った小父さんは、おどろき「なんだって、折角戦地から無事帰ってきたに」。巻漬を小皿にもどし、暫くうなだれていた小父さん。「あ！　そうだ」ひざをぽん！　とたたき「俺が気付け薬を出そう」。力強い口調で茶色の布袋を腹巻から「ぽん！」と差し出した。

「はっ！」とおどろいた母。

「こりゃあ、どういうこと、お父さん」

　小父さんは犬を引きよせ、おもむろに語った。

「天竜川で糸をたらし、ぽ～っとしていたら、こいつが猛いきおいで土手を向かって来るから、またきっと釣りの邪魔して石でもなげつけられたのじゃねえか、全くしょうがねえやつだ、と思いながら振り返ったら、この袋をくわえていたんだよ。よくみたらお宅の大切な品物だ。おどろいたよ。よかった。川に流さなんだ。いい子、いい子、たまに役立つことしてくれるんだよな」

　母は手ぬぐいで涙を拭いながらずっと犬をなぜている。小父さんはもえたつ炎に目元を輝かせながら、せんべいをくだき手の平にのせるとあごをふりふり、さもうれしそうだ。

「よかった、よかった。ぼちぼちかえらねえと、川の中に入りこんであっぷあっぷしてるじゃねえかと気をもんでる山の神がいるで」

ほっとした顔つきで立ち上がった。ずっと正座姿の父、深々と頭をさげ「本当に私は幸せ者です。戦地から無事戻ることが出来、実印までも守って下さった」。しっかりと小父さんの手をにぎり額につけむせびないた。肩がさがりさみしくなった父の背をさすりながら……

「家によってくれねえから気にしてたら、こんな姿になっちまった。命をたった戦友に申し訳ねえ。早く元気になって、天竜川のうめえあゆを釣り上げてぐっとビールのもうな」

表に出るなり、せきを切ったように涙をながしながら、つるべ井戸のつなを握りしめ水をたたえたおけにがばっと魚を移した。水を得た魚は勢いあまってはねおちる。

「この生きのいいはやを食べて頑張ってほしいな」とつぶやきながら、お天道様のめぐみに照り映えたりんごの枝をくぐり、駒ヶ岳を仰ぎながら、とぼとぼと遠ざかっていく。

ついに父は留守居役になった。なんとか収穫を終えた祖母と母は、今年も相変わらず庭先の川端に長い大根をバリゲードのようにつみ上げ、気候が不順でやっと育ったような稲わらをたわしがわりにし、ごしごしと土を落としている。たまに大根とは思えない三本足や突然変異の大根に久々笑いの川端になった。

戦後母の兄弟、種問屋さんのはからいで、冬になるとこたつにあたりながら新聞紙の袋を用意し野菜の種を販売した。すらっと長くて下の方でふくれたねりま大根や葉のつけねが青色の青首大根、ボールのようでずっしりと重いしょうごいん大根の響きがなつかしい。

突然久々に鋳掛《いかけ》やさんがやってきた。三人の子供さんをのこし奥さんが病死と、母が人伝てに耳にして心配していたのに、やっぱり根明の職人さんだ。早速庭先にむしろを広げ、フイゴとよんだ丁度タンスをこじんまりとした道具をひざもとに備え、早速なれた手つきで「ヒュウヒュウ」と猛烈な勢いで引き出しを押したり引いたりのような具合で風を送り、炭の赤い炎を出すようになると半田づけ修繕のはじまりだ。戦時中きっと戦の助太刀に供出してしまい、台所に残ったわずかな鉄製品が頑張り過ぎたのだ。鋳掛けやさんは、新聞に包んだおむすびを炭火の端にのせた。香ばしい味噌の匂いに学校帰りの子が「おー、いいな」とさわぎだした。「みんなとっくにうめえ弁当食べたずらに、俺はこれからなんだよ。こんねに順番待ちがありゃあ飯どころじゃねえんだけどもさ、腹の虫がへその回りをつつくんだよ」大笑いだ。

夕暮れ近く、山のようにたまっていたなべ、かまが食事の手助け出来るようになった。鋳掛やさんは野戦病院、半田づけの先生だ。寒くなった夕暮れ、祖母がたのんでいたフライパンに水をたたえ「これは大丈夫」と持ち上げた。腰をのばしじっと見上げているうちにふと思い出した。玉子焼を作る折のこと、フライパンの底から火が入り、あわてて土間に置くなり「このくらいの穴だったら、フライパンの外と内から御飯をすりこめば大丈夫」と教わった。早速金槌で「トントン」とかるくたたくなり炭の粉のようなものでパラパラと落ちた。

「やあまいった。俺の商売上がったりだ」

祖母の実家は寺子屋で野良仕事におわれたり早い結婚で姑に教わることが多かった。ある日のこと急須のお茶を気軽にかえる様子に相当おどろいたようだ。早速耳に近かづけるなり「ピチピチピチ」と、あいらしい丁度胡麻を炒る時のような響きにおどろいた。「この音がしているうちは、職人さんが蒸したての茶葉を心こめてよじり手がけてくれたあかしだ」「時たまやかましい姑と腹が立ったりもしたが、有難い耳学問だ」と祖母が語った。

夜凍りつくような風を背に、父の排便の際指にまいた真綿などチラチラともやしている「母ちゃん」。暫くして涙をぬぐいながら「ええ」と振り返った。

「父さんは幼い兄弟や子育と苦労続きだったが、声をあらげることもなく頑張ってくれたが、ほっとする間もなくこのようなことになってしまった」

深いため息が炎をゆらした。

今日先生を枕元に迎えるなり「へぇだめだい」の言いように「何弱音をはく、今は冬枯の時期だ。やがて日がながくなり草木が芽ぶくと共に元気が出る！」と腰を上げ、両腕を思いきり広げながらわしをちらりと見た。大寒を気遣い訪れたお婆さんとこたつに入っていたが、起き上がると皆奥座敷に移っていた。

大切な父をおきざりに出来ない。かわりはてた姿に、父にはわるいが、おそろしさがよぎり、こたつにもぐった。ところが炭火に照らされ骨がじゃまでやせられないほどの足があからさまだ。きゅっと目をつむりねたふりをしていると、父のたかいいびきや「ガタガタ」と茶だんすの戸がゆれる意外な響きにふと思い出した。

小学校春休みになると、子供会で山に入り雪折れした枝を集めて荷車につみ「どん！　どん！」と大きな大鼓を打ちながら「天神様のお祭だ」と村を巡った。あの頃の伊那谷は雪が多く根雪が所々にのこっていた。冷たい風がほおをさすり戦時中使った防空ずきんにたよりながらの日々だった。早速親があつまり、ラッパのようなしまりのない束に笑いながらも五円、十円と買ってもらった資金で、五目御飯に使うあげや学用品、ガム、キャラメルなどもとめ分けてもらった。うれしかった。敗戦時の思い出だ。小高いお宮の庭で大きな松の枝にバタバタとテントをあおられながら、持ちよった飴色になった野沢菜漬や切りずるめの自家製佃煮など重箱につめてもらい、友達の竹輪、こうや豆腐の煮物などもらったりし、ふっくらたき上がったかまをのぞき「まだある」とよそったり、底の正油のしみたこげつきが皆の好物だった。ところがそのあとの六年生が語った度胸だめしのこわい仕草がつらかった、未だ忘れない。

大金持ちのお嬢さんが大病になり、心配した両親があちこちと連れだったがよくならず、祈とう師から「たすからない」と言われ、好物の団子を山盛り出すなりがむしゃらに食べ、のどにつまって死んでしまった。悲しんだ両親はあの世に行っても不自由しないようにと、財布にしこたまお金をいれているところを見た悪者が、「よし、あの金を手にすりゃ楽なくらしが出来る」ともくろみ、葬式が終わるのを待ち、夜墓に行き早速堀りおこし財布をにぎりしめたが、しっかりと身に括りつけた財布が思い通りにならず「ガックラバッタ」しているうちに、団子がはらに届き「ここはどこ」の問いに悪者はびっくりして気を失った話や、人間死ぬ前に人魂が出るなど、上級生の語りがこわくなり、真っ暗な周りの木立に目を向けず、燃え盛る炎をじっと見つめがまんした。

母の手厚い看護のかいなく不帰の客になってしまった父。きびしい封建社会のおきてに長男が先祖代々の田畑を守ることがあたりまえの世相、進学をあきらめ、泣きながら農業にせいを出した父。唯一の望み、背丈があるから棺の高さを三寸あげてほしいの要望通り、村の方々の協力のもと雪をのけて焚火しながら約束を守って下さった。

チラチラとやむことのない雪は、きっと天からの尊い御褒美だ。母の語りによると、父は日頃空いている双子の兄の勉強部屋に入り本を見入っていた。

冬枯の辺にこぶしの花がしずかに咲きほこる朝「おまえさんが話していた魂のことは本当だ」、わざわざこたつに入り、なにすることもなくごろごろしていた私のところに伝えに来た母ちゃん。お向かいのお婆さんが「夜、川端で洗い物していたら、お宅の屋根のむねから火の玉が出て前山の墓地に向かった。小父さん、わしをおいて早々天国に昇ってしまった」と涙をふきながら母に話したという。

お婆さんは村唯一貴重なお歯黒の方だった。あの頃小学生だった私が「おはようございます」と挨拶すると、わざわざ腰をのばし「おはようございますえあん」と丁寧に対応して下さった頃がなつかしい。根雪がきえた日だまりの草花やつくしんぼをあつめて行き人形を作ってもらったり、大きな大黒柱の奥の方から、あんこがたっぷりつまった最中や、干柿、かきもちなど新聞紙にのせてきゅっとまとめて持たせて下さり、食糧事情のわるいあの頃うれしかった。

くも膜下出血からなんとか生還した私だったが、ある日のこと「宅急便ですよ」

「ハーイ」多分娘の所で手掛けてくれた待望の柿だ。勇み立った途端足元がふらつき、あわててふすまによりかかったが支えてもらえず転倒してしまった。

「すみませんそこに置いて下さい」「大丈夫ですか……」気遣いながら、スルスルと戸をたてたところが栃木の香りいっぱいの、なんと三箱もの柿にさわるどころか痛みがますばかり、ついに夕方救急車のお世話になった。隊員さんの計らいで長男が通勤途中の整形科病院に向かった。

入院して二日ご、「これから貴女はまな板の上の鯉になります」「え！」どきりとしたが息子は落ちついている。

「母ちゃん頑固だから無理がたたってきっと大腿骨に負担がかかったんだよ。もう八十過ぎだからずうっと車椅子になるか、ねたきりの状態になるかもしれないと先生が心配してくれたよ」

周りの方々の手際よく準備して下さる姿に感謝し、この恩にむくいるよう頑張る。

「コトン、コトン」手術室に向かう響きと共に周りのタイルが鮮やかだ。

「はい手術すみましたよ」

おどろいた。まな板の上の鯉の語りはどこへやら、血液一滴目にすることもなく気にした苦痛も少ない。本当に手掛けて下さったのかな、気にしながら四人部屋の窓辺で空を仰ぐ日々ふと思いついた。退屈しのぎに布団の中で指折し発句づくりにいそしんだ。朝やけだ光彩の雲に目が覚めた。

早速回診の先生に披ろうした。「そうだ、そうしたことに興味をもつことによって脳の活性化になりますからね」のお言葉に頑張った。

寒空だすずめからすは何処へやら

すっかり辺りが冬枯になった昼下り、六人部屋入口のベットに移った数日後女性の先生がリハビリに出向いて下さり豊かな指導のもと張り切った。マッサージ、次は腰上げ五回足上げと蛍光灯を目当てに思いきりピン、と足を上げた。

振り返れば祖母、母はとっくに昇天した年令だ。

窓辺側ベッドの患者さんは、私と差のない年令のようだが車椅子にたよりきりの方だ。俳優田村正和さんのファンとのこと、本人も美しく、よく役者さんの話しをしていた。ところが私が挨拶しても無視状態。職員さんがたえずかけこみ「この方器用ね、寝ながらテレビ見ている」。

忙しいなか折角カードをさがしつけて上げた画面を消し、足早に去ったある朝のこと、職員さんがかけよるなり「早く来てくれないからもらしそう」。腹立の姿におどろきだ。戦争を経験した方だろうに、老いたとはいえ周りの患者さんの深い溜息が天上から降ってきそうな雰囲気だ。

待望の車椅子練習になった折のこと、一句。

車椅子おもわぬバックにおととと

振り返れば松葉杖のお兄さん、私の無謀な様子を用心してたらしい。廊下のつきあたりから戻る際かべにへばりつくような姿で見守って下さり、「そうそう、その調子。ゆっくりゆっくりゆっくり」と声をかけて下さった。忘れない。

ある日のこと、リハビリ中すこし離れた前方の患者さん、先生の治療を無視しているかのように、脇のすき間からずっと私をのぞくように見入っていた。周りの方が、不思議な面持ちだ。

あ！　思い出した。以前談話室の消えているテレビの前でつまらなそうな面持ちの患者さんが気になり「テレビつけて上げましょうか」手助けして部屋に戻った時の人。そんなこんなで笑った。

秋雨の寒い日のこと、湯舟につかっていると更衣室から会話が入った。

「まあ、この方タイツかなりはいてるのね」

「そうよ、それにはき方にこだわりをもっている」

しまった。気になっていたことがばれた。私は長身だからきっと外気にふれる割合も多い。その様なわけで洗濯してフエルトになってしまった厚いのを先にはき、次はふくらはぎあたり。三枚目は足首まで。ところがこの頃ぐっと寒くなったから、うすい、くるぶしまでの長いのを使い、ぶくぶくの足の姿をおさえている。八十代中半ばの私。

車椅子に乗って、リハビリ室に入った途端、「ちょっと、ここで待っていて下さい」の約束を守ることなく、つい一歩二歩と進んでしまった。なんと治療中の先生が心配し走りよって下さった。有難い。反省ざるの午後になった。

退院間近になったけれど、片足立ちが思い通りにいかない。黄金の稲を守る、くの字、への字のいかめしいかかしを思い出しながら「一、二、三、四、頑張って」のかけ声に必死だった。周りの方々が自分ごとのようによろこんで下さる。やさしい気配にホロリとし振り返ると、先生のひそやかな平手が垣間見えた。

翌朝、長い廊下の手すりをにぎり、蟹の横歩きを頑張った。

ベッドに戻り、うつらうつらしていると、突然自分が日頃皆さんに親切にしてもらう際の感謝の言い回しが山びこのようで、おどろき起き上がった。なんと窓辺の美人の患者さん、手を合わせ真面目な面持ちだ。じっと眺めていると秋の夕日に一際映えている。

退院間近になった頃のこと、若い初対面の先生、時折胸のポケットからなつかしいキャラメルを思い出すようなしっかりたたんだメモを広げて、治療して下さりながら語った。東北の高校で野球の選手、当時母親が早起きして用意してもらった食事をすませ、ずっしり重たいお弁当と共に父親の車で送迎と協力してもらった。ところが腕をいためて治療に通っているうちに先先のことを考えるようになったと。しばらく会話がとだえたが、心地よい処置に、胸があつくなった。

きっと、スポーツできたえた筋肉と両親が懸命に養い育ててくれたたまものだ。

十二月なかば散歩が出来るようになった。

おもたい鉄のとびらを「よっこらせ」と笑いながら引いた途端、冷たい風が髪を乱した。いつの間にか霜柱がもち上げたうす黄色の芝の道を「きゅっきゅっ」と響かせながら歩んでいると、白い乗り合いバスが私を気遣ってくれているかのようだ。窓辺が顔々々だ。小田急線の駅に向かって遠ざかってゆく。

「はい一句」先生のかけ声だ。まってましたよ。

背に夕日杖に枯の葉の散歩道

振り返ると、先生の鮮やかなマスクがぐんと、大きくなった。

年のせの菊の香りを持ち帰る
南天のわびしき房に小鳥おう
しとしとと道に輪をかく水たまり
ほのぼのとらんまのむこうに春がきた

うれしいな歩けるんだよ。
みちる感謝の温い岡。

振り返れば、私もお婆さんと同年になった。
これからもっともっと長生きして、おだやかな進歩した様子を語ってあげたい。お婆さんよろこんで「それはそれは、ようござんすね、えあん」となつかしい丁寧な挨挱をして下さることでしょう。

霜柱の姿がきえ、時折心地よい風が髪をさする朝、周りのさらさらとした土を三匹のねずみのお墓によせていると、チカチカと春の日和に雲母《うんも》が輝いた。おとなりのこんにゃく玉の葉がそよいでいる。

著者プロフィール
赤池 節子（あかいけ　さだこ）
昭和15年５月生まれ
長野県出身

私の生家は、諏訪湖から流れくる天竜川の音を時折耳にしたり、雄大な駒ヶ岳を仰ぎ見る伊那谷です。

ところが……帰郷の折、知人の姿が見当たらなくなりました。

でも私は綴ることを糧に、がんばります。

著書：『伊那谷のしか』（文芸社　2014年）

みがわりになった三匹のねずみ

2025年１月15日　初版第１刷発行

著　者　赤池 節子
発行者　瓜谷 綱延
発行所　株式会社文芸社
〒160-0022 東京都新宿区新宿1－10－1
電話 03-5369-3060（代表）
03-5369-2299（販売）

印刷所　株式会社晃陽社

ISBN978-4-286-25848-5